KB250920

님께

드립니다

그대를 사랑합니다

나무한그루

그대를 사랑한다는 것,
그대의 사랑을 받는다는 것,
그것은 내 인생에서 가장 고귀한 선물이며
최고의 행복입니다.

그대를 사랑합니다

오늘은
신께서 내게 당신을 보내 주신 날,
내 인생에 가장 아름답고 뜻 깊은 날입니다.

우리 두 사람이 세상의 주인공이었던 그 날
하얀 면사포를 쓴 당신의 모습을 기억합니다.
꽃보다도 곱고 청초했던 당신의 모습을…

신이 모든 곳을 다 보살필 수 없어
인간에게 어머니를 보내주셨다지요.
그래도 온전한 인간이 되지 못한
못난 남자들을 위해
아마도 신은 아내라는
특별한 존재를 만드신 것 같습니다.

폭풍이 몰아치는 험난한 밤에도
결코 꺼지지 않는 등대의 불빛처럼

당신은 변함없이 내 곁을 지켜주었습니다.
당신을 만나서 나는
비로소 심장이 뜨겁다는 것을 알았고,
당신을 만나서 나는
세상이 얼마나 아름다운지,
살아 있는 이 순간이
얼마나 감사한 일인지 알았습니다.

생이 다하는 그날까지
당신과 함께
이날을 기리고 축하하고 싶습니다.

당신이 내 곁에 있어 행복합니다.
고맙습니다.
그리고
사랑합니다.

부부라는 것

부부夫婦란 서로에게 어떤 존재일까요?
함민복 시인은 〈부부〉라는 시詩에서
부부라는 존재를 한 아름에 잡히지 않는 긴 상을
앞뒤에서 맞들고 가는 일에 비유하고 있습니다.
긴 상을 두 사람이 맞들고 가다가
좁은 문 앞에 다다르면
한 사람은 등을 앞으로 하고
뒷걸음질로 걸어야 합니다.
뒷걸음질로 걷는 사람은 뒤를
돌아볼 수 없기에
마주보고 있는 사람의 눈빛과 마음을 읽으며
한 발 한 발 조심스럽게 걸음을 옮겨야 합니다.
키 높이도 조절해야 하고
걸음의 속도도 맞추어야 합니다.
상을 내려놓는 타이밍 또한
잘 맞추어야 합니다.
자칫 방심하다가는 언제 음식을 쏟을지 모릅니다.

부부로 산다는 것,
결혼 생활이라는 것이 바로 이와 같지 않을까요?
서로를 믿고,
눈에 보이는 하나하나에 연연하기보다는
마음을 헤아리고, 상대방의 눈높이에 나를 맞추며
나란히 같은 방향을 향해 한 발 한 발 나아가는 것….
세월이 흘러 서로에게 익숙해져도 결코
방심해서는 안 되는 것.
부부란 생의 마지막 순간까지도
서로를 그리워하며 아껴주는 그런 존재인 것입니다.

붙박이 사랑

"나무는 한 번 자리를 정하면 절대로 움직이지 않아.
차라리 말라 죽을지라도 말이야.
나도 그런 나무가 되고 싶어.
이 사랑이 돌이킬 수 없는 것일지라도…."

김하인의 소설 《국화꽃향기》에 나오는 구절입니다.

한 번 자리를 잡고 마음을 정하면,
말라 죽는 한이 있더라도 결코 변하지 않는 사랑.
비바람이 불고 눈보라가 몰아쳐도 변함없이
그 자리를 지키고 서서 오직 한 사람만을
해바라기 하는 사랑…!
내게는 당신이 그런 사랑이기를 소망합니다.
당신에게는 내가 그런 사랑이었으면 좋겠습니다.
말하지 않아도, 손을 내밀지 않아도
가슴으로 뜨겁게 느껴지는 그런 사랑이
당신과 나의 사랑이었으면 좋겠습니다.

사랑이 사라진 곳에

사랑에 빠진 사람들은
그 사랑의 끝이 언제일지 몰라 전전긍긍하고
혹시라도 사랑이 변할까봐 자꾸만 두려워합니다.
하지만 그 사랑의 감정이 사라지지 않으면,
2, 30대의 불같은 사랑이 변하지 않는다면,
부부의 애정은 싹틀 수 없습니다.

열정이 타올라 사그라진 잿더미 속에서
파릇하게 고개를 내미는 애정의 싹.
그것은 뜨겁지도 화려하지도 않지만
오랫동안 따뜻한 온기를 내뿜는
화로 같은 사랑입니다.
뜨겁지도 차갑지도 않은 36.5도,
체온처럼 편안하고 온화한 행복
그것이 부부의 사랑입니다.

삶이란 연탄 한 장이 되는 것

어느 해 겨울,
광화문 네거리를 지나가다가
교보생명 빌딩 전면에 걸린 글귀를 보고
한동안 발걸음을 멈추었습니다.

"삶이란 나 아닌 그 누군가에게
기꺼이 연탄 한 장이 되는 것"

돌이켜 보니 나의 삶이 되어 준 것은 당신이었습니다.
나를 위해 기꺼이 연탄 한 장이 되어 준 당신.
하지만 난 당신에게 오롯이
연탄 한 장이 되어 준 적이 없었던 것 같습니다.

나를 위해서라면 목숨조차도
아까워하지 않은 당신 앞에서 나는,
사사건건 요리조리 재보고 따지고,

뭐 그리 아까운 것이 많았을까요?
특별히 남들보다 더 가진 것도 없고
더 갖춘 것도 없는 처지에
왜 그리 인색하게
마음 한 자락을 온전히 내어주지 못했을까요?

나는 당신 인생에 연탄 한 장이 되어주지 못했지만
당신은 내 인생의 꺼지지 않는 등불이었음을
이제야 깨닫게 됩니다.

※인용된 글은 안도현 님의 시 〈연탄 한 장〉의 일부입니다.

살아가면서 숨길 수 없는 세 가지

"사람에겐 숨길 수 없는 세 가지가 있는데
그건 바로 기침과 가난과 사랑이래요."

영화 〈시월애〉에 나오는 명대사입니다.

기침은 참으려고 애를 쓸수록
더 고통스럽게 터져 나옵니다.
가난은 숨기려고 허세를 부릴수록
궁색함만 더해집니다.

사랑도 마찬가지입니다.
진실한 사랑의 마음은 굳이 말하지 않아도
때마다 갖가지 이벤트로 요란을 떨지 않아도
따뜻한 온기로 상대방의 마음에 가 닿습니다.
비록 그 시간이 더디더라도 ….

상대방이 나의 마음을 알아차리지 못하거나

나의 사랑을 느끼지 못한다면
그것은 그 사람이 둔감해서가 아닙니다.
아직은 내 사랑이 부족하다는 증거입니다.
사랑은 의심하거나 확인하는 것이 아닙니다.
온 마음을 다해 아낌없이 행하고
있는 그대로를 느끼는 것입니다.

내 사랑의 반쪽이 달라졌다는 생각이 들 때는
먼저 내 사랑을 돌아보세요.
부부의 사랑, 그것은 거울의 법칙입니다.

사랑은 '이루는 것이 아니라 하는 것'

"잡은 물고기에게는 먹이를 주지 않는다."
낚시꾼들 사이에서 통용되는 말입니다.
그런데 술자리에서 남자들이
이 말을 호기롭게 사용하는 것을
어렵지 않게 볼 수 있습니다.

사랑하다가 결혼을 약속했거나
이미 결혼을 한 경우
더 이상 상대방에 대한 관심과 애정을
쏟을 필요가 없다는 식입니다.
물론 100% 진심은 아니겠지요.
하지만 결코 웃고 넘길 수 없는
위험천만한 생각과 행동이 아닐 수 없습니다.

'생각이 말을 만들고 말은 행동을 만들고,
행동이 습관을 만들고 습관은 인격을 만들며,
그 인격이 운명을 만든다.' 는 말도 있습니다.

사랑은 '이루는 것'이 아니라 '하는 것'입니다.
종착역을 알 수 없는 레일 위를
끊임없이 달리는 열차와도 같습니다.
차창 밖 풍경이 바뀌고 낮과 밤이 바뀌어도
쉼 없이 앞을 향해 달려가는 기관차….
결혼은 사랑의 마침표가 아니라
본격적인 사랑의 관문일 뿐입니다.
매일 매일이 새롭고 행복한 여행이 될 수 있도록
사랑하고 또 사랑하세요!

견공자제 犬公子弟

주말 오후,

모처럼 둘만의 오붓한 시간을 갖게 된 부부가 가까운 교외로 드라이브를 가기로 했습니다. 출발은 상쾌했습니다. 연애시절로 돌아간 것처럼 마음이 들뜨기까지 했죠. 하지만 그것도 잠시, 사소한 일로 말다툼을 하더니 급기야 드라이브도 취소하고 차를 돌려 집으로 향하고 맙니다.

돌아오는 길에 신호등에 걸려 잠시 정차하고 있는데 차창 밖으로 개 한 마리가 지나가는 것이 보였습니다. 순간 가뜩이나 화가 나 있던 남편이 빈정대며 한 마디 합니다.

"저기, 당신 친척 아냐? 반갑게 인사라도 하시지."

그러자 아내는 기다렸다는 듯이 창문을 내리며 개를 향해 반갑게 소리쳤습니다.

"안녕하세요? 시아버님!"

한마디로 대략난감이죠?

얄미운 아내에게 펀치 한 방 먹이려고 했다가 오히려 핵탄두에 얻어맞은 꼴이 되고 말았네요. 쓸데없는 자존심은 자신을 무너뜨리고 가정까지 위태롭게 만듭니다. 소중한 사람, 사랑하는 사람에게는 자존심 따위를 내세울 필요가 없습니다. 그것처럼 어리석은 일도 없습니다.

알량한 내 자존심을 위해서 사랑하는 사람을 무릎 꿇게 하는 것은 충치 치료 귀찮다고 어금니를 뿌리째 뽑아내는 것과 같고, 빈대 한 마리 잡자고 초가삼간을 불태우는 것과 같습니다. 사소한 일로 부부싸움을 했을 땐 내가 먼저 화해의 제스처를 취해 보세요. 그것은 결코 비굴하고 쫀쫀한 짓이 아닙니다. 멋지고 아름답고 진정으로 대범한 이의 모습입니다.

아무리 홧김에 한 말이라도 나의 반쪽을 지나가는 개에 비유한다면 결국 자신이 견공자제임을 자인하는 것입니다. 이런 것이 누워서 침 뱉기 아닐까요?

소크라테스와 크산티페

고대 그리스의 철학자이며 사상가인 소크라테스에게
어느 날 결혼을 앞둔 청년이 찾아와 물었습니다.
"결혼을 해야 할까요, 하지 말아야 할까요?"
그러자 소크라테스는 이렇게 대답했습니다.

"젊은이, 결혼을 하시게.
현명한 아내를 얻으면 행복할 것이고,
악처를 얻으면 철학자가 될 것이네."

후세 사람들은 이 이야기를 통해서
소크라테스가 악처를 만났기 때문에
위대한 철학자가 될 수 있었다고 흔히들 말합니다.

소크라테스의 아내 크산티페는
역사 속에서 '잔소리 많은 악처'의 원형으로 등장합니다.
하지만 크산티페는 소크라테스를 사랑했습니다.
25살, 꽃보다 젊고 아름다웠던 크산티페가

50살의 중늙은이인 소크라테스를 만나
결혼을 하게 된 것을 '사랑' 이외의
다른 어떤 말로 설명할 수 있을까요?

그리고 독배를 마시기 전
감옥에서의 마지막 밤에
소크라테스의 곁을 지켜준 이도,
소크라테스의 죽음을 가장 슬퍼한 사람도
다름 아닌 크산티페였습니다.

아름답고 수줍음 많았던 여인 크산티페를
악처로 만든 건 바로 소크라테스였습니다.
학자로서는 위대한 명성을 얻은 그였지만
한 가정의 가장으로서, 한 여자의 지아비로서
소크라테스는 거의 낙제점에 가까웠습니다.

'맥 빠진 명성' 보다는 '질 좋은 빵' 을 원했던 크산티페.

능력 없는 남편을 대신해서
세 아이를 키우고 가정을 꾸려나가기 위해서는
악착같이 살아갈 수밖에 없었습니다.

이렇게 경제력도,
20대의 체력도 갖추지 못한 소크라테스는
젊은 아내의 외로움마저 외면한 채
밤마다 플라톤과 술잔을 기울이다가
새벽녘에야 만취한 상태로 집에 돌아오곤 했습니다.

이 정도면 아무리 아내가 부처님 가운데 토막이라도
남편을 예쁘고 사랑스럽게 대해줄 수만은 없었겠죠?
악처는 태어나는 것이 아니라 만들어지는 것입니다.
현모양처도 마찬가지입니다.

자신의 아내가 현모양처이길 원한다면
남편 자신부터 현부양부가 되어야 합니다.

부부의 사랑과 가정의 행복은
하루아침에 얻어지는 것이 아닙니다.
매일매일 지극한 관심과
애정으로 가꾸어 가야 합니다.

꽃처럼, 나무처럼…!

post-it love

여보, 미안해.
내 진심은 그게 아니었는데….
나도 모르게 화를 내고 말았네.
당신 내 마음 알지? 사랑해 ♥

아니에요, 여보. 제 잘못이 더 커요.
당신 맘 알면서도 왜 그렇게 삐딱하게
굴었는지 모르겠어요. 미안해요.
저녁에 당신 좋아하는 김치찌개
끓여놓을 게요. 일찍 들어와요 ^^* ♥♥

사소한 일로 부부 싸움을 하고나면
말 한 마디 건네기도
어색하고 쑥스러울 때가 많습니다.
이럴 땐 포스트잇을 사용해 보세요.
진심을 담은 메시지를 적어서
화장대 거울이나 냉장고 또는 현관 문 앞에
살짝 붙여 놓으세요.

때로는 긴 대화나 장문의 편지보다
짧은 메시지 하나가
더 큰 감동을 전해줍니다.

오늘이 마지막이라면…

"죽음이나 이별이 슬픈 까닭은
우리가 그 사람에게 더 이상 아무것도
해줄 수 없기 때문이야.
잘해주든 못해주든 한 번 떠나버린 사람한테는
아무것도 해줄 수 없어."

위기철의 소설 《아홉 살 인생》에 나오는 대사입니다.

사랑하는 사람을 위해 아무것도 해줄 수 없다는 것보다
더 가슴 아프고 참혹한 고통은
이제는 뭐든 다 해줄 수 있는데 정작
그 사람이 내 곁에 없다는 사실입니다.

후회는 아무리 빨라도 늦은 것이라고 하죠?

세상 무엇보다 소중하고,
세상 무엇과도 바꿀 수 없는 것은

그 사람과 함께 하고 있는
바로 지금, 이 순간입니다.
사랑은 계획하고 준비하는 것이 아닙니다.
사랑은 매일 매일의 생활이고
습관이어야 합니다.

사랑하세요, 처음처럼…!
사랑하세요, 생의 마지막 순간처럼…!!

4가지 소원

I asked God for a flower...
신께 꽃을 청했더니

He gave me a garden.
제게 정원을 주셨습니다.

I asked God for a tree...
신께 나무를 청했더니

He gave me a forest.
제게 숲을 주셨습니다.

I asked God for a river...
신께 강을 청했더니

He gave me an ocean.
제게 바다를 주셨습니다.

I asked God for an angel...
신께 천사를 청했더니...

and He sent you.
제게 당신을 보내주셨습니다.

You are the best present of my life.
당신은 내 생애 최고의 선물입니다.

멋진 글이죠?

인터넷 블로그에서 퍼온, 작자 미상의 글입니다.

세상의 모든 남자들이, 아니 모든 남편들이

자신의 반려자를 이런 마음으로

바라보며 살아간다면

세상은 더없이 아름답고 행복할 것입니다.

선물은 항상 우리의 마음을 설레게 하고

그 정성과 마음에 감사하게 됩니다.

잊지 마세요.

당신은 지금 생애 최고의 선물을 받은 사람이란 걸.

사랑하는 아내와 남편, 그리고 천사 같은 아이들까지….

신은 이렇게 당신에게

최고의 선물을 안겨주셨습니다.

선물을 더욱 값어치 있게 만드는 것,

명품을 명품답게 하는 것은 당신의 몫입니다.

함께라면

"그대와 함께라면!"
이 세상에서 가장 달콤한 라면의 이름입니다.

사랑하는 이와 함께 할 수 있다면,
평범한 일상도 위대하고 특별한 하루가 될 수 있습니다.

신영복 선생은 《처음처럼》에서 이렇게 이야기합니다.
"사랑의 가장 확실한 방법은 함께 걸어가는 것입니다."

함께 한다는 것은
단순히 둘이 하나가 되는 것만을
의미하지 않습니다.
기쁨을 함께 나누면 배가 되고
슬픔을 함께 나누면 반이 된다고 합니다.

술도 혼자 마시면 음주,
부부가 함께 마시면 기분전환,

가족이 함께 마시면 파티라고 합니다.

함께 한다는 것은
서로 다른 너와 내가 만나
'우리'라는 전혀 다른 세상, 새로운 존재를
만들어 가는 것입니다.

어제처럼, 그리고 오늘처럼
늘 당신과 함께라면 좋겠습니다.
생의 마지막 순간까지…!

지금, 여기, 바로 이 사람

세상에서 가장 중요한 사람은 지금 만나고 있는 사람이
고, 세상에서 가장 지혜로운 사람은 누구에게나 배우는
사람이며, 세상에서 가장 행복한 사람은 누군가를 사랑하
고 있는 사람이다. ─잠언

1913년 노벨문학상을 수상한 벨기에의 작가 마테를링크.
그의 대표작인 《파랑새》는
치르치르와 미치르 남매의 꿈 이야기로
이루어져 있습니다.
무척이나 가난했던 남매는 어느 날 꿈속에서
파랑새를 찾으면 행복해질 수 있다는 할머니의 말에
추억의 나라, 밤의 나라, 미래의 나라 등을 찾아가지만
끝내 파랑새를 찾지 못하고 돌아옵니다.
하지만 꿈에서 깨어 보니
자신들이 기르고 있는 새가 파랑새였다는 것을 알게 되고
행복은 멀리 있는 것이 아니라
가까이에 있다는 것을 깨닫게 된다는 내용입니다.

어린 시절 누구나 한번쯤은
책갈피 속에 소중하게 간직했던 네잎클로버.
네잎클로버의 꽃말은 행운입니다.
하지만 행운의 네잎클로버를 찾기 위해
무수히 밟고 지나쳤던 세잎클로버.
세잎클로버의 꽃말은 행복입니다.
단 하나의 행운을 얻기 위해
무수히 많은 행복을 짓밟고 희생해도 좋은 것일까요?

오늘 하루,
우리도 치르치르와 미치르처럼 파랑새를 찾아서
먼 방황의 길을 떠나온 것은 아닌지…

우리의 행복, 우리의 사랑은,
바로 지금, 바로 여기,
바로 당신 곁에 서 있는 사람입니다.

행복의 비결

최장수 부부로 기네스북에
오른 영국 부부에게 기자가 그 비결을 물었습니다.

"두 분이 83년 동안 늘 행복하게 살 수 있었던
비결이 무엇입니까?"

잠시 서로의 얼굴을 바라보며 빙긋이 웃던 부부는
기자의 물음에 간결하게 답했습니다.

"딱 두 마디만 잘하면 됩니다."
"그 두 마디가 뭡니까?"
"미안해요, 여보!"
"고마워요, 여보!"

행복이란 어렵거나 복잡한 것이 아닙니다.
상대방을 조금 더 배려하고 아껴주는
마음이면 충분합니다.

그리고 그 마음을 감추지 않고 표현해 주는 것,
그것이 바로 행복의 비결입니다.

오늘 당신의 아내, 당신의 남편에게 마음을 전해보세요.

"미안해요, 여보!"
"고마워요, 여보!"

Photo-day

일 년 365일 중에 단 하루를
Photo-day로 정해 보세요.

동네 사진관을 가도 좋고
디지털카메라를 들고 가까운 공원이나
한강 둔치를 찾아가도 좋습니다.
장소는 중요하지 않습니다.
정말 중요한 건 온가족이 함께 하는
소중한 시간이라는 것이죠.

사랑하는 아내와 소중한 아이들,
자신의 모습까지도
카메라에 담아보세요.
캠코더가 있다면 동영상도 만들어보세요.

Photo-day는 단순히 사진을 찍는 날이 아닙니다.
놓치고 싶지 않은 아름답고 행복한 시간을

추억이라는 예금계좌에
차곡차곡 적립해 두는 것입니다.

살아가는 동안 문득 문득
흐르는 세월의 무상함이 느껴질 때,
외롭다는 생각이 사무칠 때
복용할 수 있는 특효약이 돼 줄 것입니다.

내 인생의 이력서

갈증 때문에 잠에서 깬
어느 새벽
희미한 미명 사이로 곤히 잠든 당신의 모습을
가만히 들여다봅니다.
결혼을 하고
사랑이 일상이 되어 버린 그날 이후
당신의 모습을 찬찬히 들여다 본 것이
몇 번이나 있었을까요?
화사한 봄처럼
늘 고운 줄만 알았던 당신의 모습에서
이제야 세월의 흔적을 발견하게 됩니다.

눈가엔 제법 짙은 주름이 하나 둘 보이고
귀밑머리 사이로 희끗한 머리칼이 눈에 들어옵니다.
당신만은 세월을 비켜갈 줄 알았는데
당신만은 세파에 찌들지 않을 줄 알았는데,
아이들 돌보랴 집안 살림하랴

몸이 둘이라도 모자랄 텐데
뒤늦게 맞벌이까지 나선 당신 …

그런 당신을 나는 철인이라 생각했습니다.
피로도 모르고 감기 한 번 걸리지 않는
초인이라 여겨왔습니다.
당신도 나와 다를 게 없는 평범한 사람인 것을
아니 그토록 가냘프고 여린 여자였던 것을.

나는 잊고 살았습니다.
아니 어쩌면 애써 외면한 것인지도 모릅니다.
고단한 삶을 이유로,
생활이라는 일상의 반복에 파묻혀…

이제야 깨닫습니다.
당신의 모습이 바로 내 인생의 이력서임을.

오직 하나, 세상의 전부

만약 당신의 생명이 1시간밖에 남지 않았다면,
1시간 후면 사랑하는 아내와
아이들의 곁을 떠나야만 한다면
당신은 그 1시간을 어떻게 보내시겠습니까?
남은 1시간 동안
이제 홀로 남을 아내에게
과연 어떤 이야기를 들려줄 수 있을까요?
저는 오직 세 마디밖에 생각나지 않을 것 같습니다.
"여보, 미안해!"
"여보, 고마워!"
"여보, 사랑해!"
하지만 정작 그런 시간이 닥친다면
어쩌면 한마디도 건네지 못할 것만 같습니다.
그저 아내의 두 손을 꼭 잡고
하염없이 눈물만
흘리고 있을 것 같습니다.
너무너무 미안해서, 너무너무 고마워서,

너무너무 사랑해서….
그 간절한 마음을, 복받치는 그 애절한 심정을
어찌 몇 마디 말로 다 표현할 수 있을까요?
하지만 지금 이 시간도 우린
영원히 살아 있을 것처럼 생활하고 있습니다.
기억하세요!
인생에는 예고편이 없습니다.
당신에게 그 마지막 순간이 언제 닥칠지 모릅니다.
준비하세요!
그 순간이 찾아오면 어떤 말을 남기고 갈 것인지.
그리고 돌아보세요.
마지막 순간까지도 함께 하고픈
단 한 사람이 누구인지,
마지막까지 당신을 지켜줄
오직 한 사람은 누구인지….
그 사람이 바로 당신 인생의 전부이며
세상의 전부입니다.

휴대폰 단축번호 1번

당신의 휴대폰 단축번호 1번은 누구입니까?
단축번호 1번에 저장된 닉네임은 무엇인가요?

제가 아는 어떤 분은 휴대폰 저장번호 1번에
'옆지기' 라는 닉네임을 저장하고 있습니다.
'옆지기' 라? 조금은 생소한 단어지요?
'옆지기' 가 뭐냐고 물었더니
'옆을 지켜주는 사람' 이라는 뜻이라고 하더군요.
물론 아내의 닉네임이었습니다.
사랑하는 아내를 '옆지기' 라는 말로
표현한 것입니다.
생소하지만 참 정겹지 않나요?

그 분은 바쁜 회사 일로 야근이 잦았고
휴일에는 등산이다 모임이다 해서
가족들과 함께 있는 시간이 많지 않았지만
아내와 아이들에게 늘 존경받는

가장의 모습이었습니다.
그 비결이 무엇일까 궁금했는데
휴대폰에 저장된 닉네임 하나로
궁금증이 풀렸습니다.
작고 세심한 부분까지 마음을 쓰고
가족을 배려할 줄 아는 멋진 분이었던 것입니다.

사람의 마음을 얻게 하는 것은
결코 크고 거창한 것이 아닙니다.
작지만 진실한 마음이 느껴지는 것에서
감동은 시작됩니다.

부부의 인연

옷깃만 스쳐도 인연이라는 말이 있습니다.
하물며 반평생 이상 한 이불을 덮고 살아가는
부부의 인연은 얼마나 깊은 것일까요?

불교에서는 오백생을 통한 인연으로 탄생한 것이
바로 부부라고 말합니다.
그 세월의 길이가 무려 7천겁이나 된다고 말합니다.
극락세계에서의 하루 낮과 밤을
이승의 세월로 환산하면 일 겁이라고 하네요.

조금 쉽게 이야기하자면,
극락세계에 사는 선녀가 설악산 흔들바위에
천년에 한 번씩 내려와 잠시 쉬었다가
하늘로 올라가는데,
그 선녀의 옷자락에 스치고 닳아서
흔들바위가 없어지는 시간을
불교에서 일 겁이라고 한답니다.

부부란 이처럼 가늠할 수 없는 깊고도
긴 인연으로 탄생한 것입니다.
그 특별함과 소중함은 더 이상
설명할 필요가 없겠죠?

결코 헤아릴 수 없는 장구한 세월,
기나 긴 기다림을 통해 얻은 것이
지금의 반려자요
오늘 이 순간의 생임을 생각한다면,
목숨보다 더 내 인생의 반쪽을 사랑하고
황금보다 더 내게 주어진
시간을 아껴야 하지 않을까요?

지금 필요한 건 뭐? "무조건 내 편"

아내 혹은 남편이
나에게 고민을 이야기 하거나
무언가에 대한 불평불만을 늘어놓을 때,
당신은 어떻게 행동하십니까?
듣는 둥 마는 둥 귓등으로 흘리고 딴청을 피우나요?
아니면 아이들 싸움을 말리는 어른처럼
시시콜콜 자초지종을 캐묻고 사리분별을 따져가며
누구의 잘못이 더 큰지 판결을 내리시지는 않나요?

하지만 그때 상대가 정말로 원하는 것은
냉철한 분석이나 해결책이 아니라고 합니다.
그 순간 상대가 가장 원하는 것은
누군가 자기 마음을 알아주었으면 하는 것입니다.

권위 있는 전문 상담사를 필요로 하는 것이 아니라
단 한 명의 내 편을 원하는 것입니다.
무조건 내가 옳다고 맞장구를 쳐주고

같이 분개해 줄 수 있는 사람을….
"그래? 그런 일이 있었어? 정말 마음고생이 심했겠다.
난 당신이 그렇게 힘든 일이 있었는지도 모르고….
 미안해. 하지만 이제 걱정 마. 내가 도와줄게."

이렇게 상대의 마음을 알아주고 받아들이는 것.
이성적인 판단으로 사리분별 따져가며
상대방의 마음을 바꾸려고 하는 것이 아니라
우선 그 사람의 마음을 알아주는 것,
그것이 중요한 것입니다.
이 세상에서 가장 사랑하는 소중한 그 사람에게
오늘 하루 무조건
같은 편이 되어주세요.

아름다운 동행

"부부란 사슬로 결합된 벗이다.
그러므로 부부는 발을 맞추어 걸어야 한다.
그렇지 않으면 사슬에 마음이 쏠려 걸을 수 없게 된다."
러시아의 문호 막심 고리끼의 말입니다.
여기에서 사슬은 언뜻 부정적인 의미로 비쳐지지만
다른 한편으로 생각해보면 사슬은
두 사람의 결합을 만들고 있는 중요한 장치이기도 합니다.
어쩌면 결혼이라는 제도의 또 다른 표현일 수도 있습니다.
부부가 발을 맞추고 마음을 맞춰 걸어갈 때에는
이 사슬이란 것이 아무런 구속도 되지 못합니다.
다만 발걸음이 어긋나고 서로의 마음이 틀어질 때
비로소 사슬은 귀찮은 구속이 되고
악마의 발톱이 되어 두 사람에게
상처를 입히게 되는 것입니다.
함께 가는 상대방의 발걸음과 마음에 집중하면
사슬은 결코 보이지 않습니다.
"결혼? 너도 한 번 해 봐라.

이승에서도 지옥이 있다는 걸 알게 될 거야."
간혹 결혼을 앞둔 후배들에게 농담 반 진담 반으로
이런 말을 해대는 사람들을 볼 수 있습니다.
모르긴 해도 그들 대부분은
사슬로라도 결합되기를 간절히 원했던 그 시절,
혹은 사슬로 결합되었던 그때
그 초심을 잃어버린 사람들일 겁니다.
함께 가는 상대방의 보폭과 마음을 놓치는 순간
싸늘한 사슬이 눈에 들어오고
그것에서 벗어나려 하면 할수록
살갗을 파고들면서 점점 더 크게 보이는 것입니다.
사슬은 당신의 동행을 유지시키는 사랑의 끈입니다.
사슬이 두려우면 한 발짝도 앞으로 내디딜 수 없습니다.
당신과 기꺼이 동행에 나선 상대방에 집중하세요.
발걸음을 맞추고 호흡을 맞추고 마음을 맞추세요.
세상에서 가장 아름답고 편안한 동행이
당신의 것이 될 것입니다.

중독

남편과 아내가 서로 싸우는 것을
4자성어로 뭐라고 할까요?
물론 넌센스 퀴즈입니다.
부부싸움? 세계대전? 스타워즈…?

정답은 아편전쟁입니다.
'아내'의 '아'자와 '남편'의 '편'자를 따와서
아편전쟁이라고 부른답니다.

물론 웃자고 만들어낸 유머겠지만
부부싸움이라고 하는 것이 아편처럼
묘한 중독성이 있는 것 같습니다.
화를 참지 못하고 막말을 하거나
어쩌다 손찌검이라도 하게 되면
그것이 한 번에 그치지 않고 습관화되는 것을
많이 볼 수 있습니다.
해서는 안 되는 줄 알면서도 고치지 못하고

되풀이 하는 습관이 바로 중독입니다.

부부싸움이 아편중독이라니 조금 섬뜩하죠?
성인군자가 아닌 다음에야 살아가면서
전혀 싸우지 않고 지낼 순 없겠지만
어차피 싸워야 한다면 기술적으로 효과적으로 싸우고
그 후유증을 최소화하는 방법을 찾아야 합니다.

세상의 모든 싸움이 그러하듯이
부부싸움도 그 시작은 아주 작고
사소한 것에서 비롯됩니다.
막상 싸움이 끝났을 땐 싸움이 시작된
이유나 배경은 온데간데없고
오로지 상대에 대한 미움과 분노,
그리고 자존심 상하고
상처 입은 마음만 남아있게 됩니다.
처음에 전혀 의도하지도 않았고 예상하지도 못했던

처참한 상황으로 발전하고 만 것입니다.
부부싸움의 가장 근본적인 원인은
대화의 부재인 것 같습니다.
서로 바쁘다는 핑계로 진지한 대화를 못하다보면
서서히 불만이 쌓이게 되고,
그 불만이 포화상태에 이르게 되면
어느 순간 감정이 폭발하면서
불쾌한 대화를 하게 되는데,
그 불쾌한 대화가 부부싸움이 됩니다.

부부간 혹은 가정에서의 대화는
우리 몸속의 혈관과도 같은 것입니다.
혈관이 막히지 않고 자연스럽게
혈액이 순환할 때는
건강한 생활을 유지할 수 있지만
어느 한 곳이라도 막히거나 이상이 생기면
병이 생기고 심지어는 뇌졸중으로

생명을 위협받기도 합니다.
건강은 건강할 때 지키라는 말이 있습니다.
부부간의 사랑이나 가정의 행복도 마찬가지입니다.
미움이나 불화가 싹트기 전에,
대화를 시작해 보세요.

새삼스럽게 무슨 대화냐고요?
무슨 말부터 시작해야 하냐고요?
대화는 형식이 아닌 관심의 표현입니다.
관심을 가지고 아내 또는 남편을 살펴보세요.

혹시 헤어스타일이 바뀌지는 않았는지,
오늘따라 표정이 유난히 밝거나
어둡지는 않은지…
대화의 시작은 관심입니다.

사랑하기에도 짧은 시간…

46살의 카네기멜론대학 컴퓨터공학과 랜디 포시 교수.
6살과 3살, 그리고 18개월 된 세 아이의
아버지이기도 한 그는, 어느 날 갑자기 날벼락처럼
췌장암 말기 선고를 받게 됩니다.
고민 끝에 남은 시간을 가족과 함께
보내겠다는 생각으로 퇴임을 결심한 그는
마지막 강의에서 이런 말을 했습니다.
"슈퍼마켓에서 계산을 잘못해서 돈을 더
지불한 것을 발견하고도 그 돈을 돌려받는데
걸릴 5분이 아까워서 그냥 나왔습니다.
… 시간이 당신이 가진 전부며, 생각보다
시간이 얼마 남지 않았다는 사실을 알게 될 것입니다."

그렇습니다.
시간은 그 무엇으로도 살 수 없는,
우리가 가진 전부입니다.
그리고 그 시간은 정말 얼마 남지 않았습니다.

당신은 오늘 하루
무엇을 위해 그렇게 허둥지둥 바쁘셨나요?
혹시 황금과 명예를 얻기 위해
당신의 전부인 시간을 내다판 건 아니신지…

시간보다 소중한 것은 없습니다.
시간이 얼마 남지 않았습니다.
사랑하세요! 오늘이 마지막인 것처럼.
이 순간이 세상의 끝인 것처럼…

결혼기념일의 명칭과 의미

1주년 : 지혼식(紙婚式)
혼인서약서 또는 혼인신고서에 잉크도 마르지 않은 초보 부부 상태를
말하며, 초대된 손님들에게 종이제품의 선물을 나눠줍니다.

2주년 : 고혼식(藁婚式)
이제 겨우 지푸라기 구멍으로 의사소통이 이루어지는 상태를 말합니
다. 초대된 손님들에게 면제품의 선물을 나눠줍니다.

3주년 : 당과혼식(糖菓婚式)
둘 사이에 열매가 맺힐 정도의 세월을 함께 살았다는 뜻입니다.

4주년 : 혁혼식(革婚式)
생가죽을 맞대고 산 날이 꽤 되었으니 이제는 맘이 맞을 만도 하다는
뜻입니다. 피혁제품의 선물을 줍니다.

5주년 : 목혼식(木婚式)
상대방을 보아도 나무토막 보는 것처럼 무감각해지는 시기를 말합니
다. 나무가 잘 자랄 수 있도록 물을 주고 정성껏 가꾸어야 한다는 뜻
입니다. 목제 기념품을 선물합니다.

6주년 : 철혼식(鐵婚式)

7주년 : 화혼식(花婚式)

정성을 다하여 드디어 나무에 꽃이 핀다는 뜻입니다. 꽃을 선물합니다.

8주년 : 전기기구혼식(電氣器具婚式)

9주년 : 도기혼식(陶器婚式)

10주년 : 석혼식(錫婚式)

결혼할 때 장만한 놋그릇에 녹이 날 정도로 오랜 세월을 살았다는 뜻입니다. 주석으로 만든 기념품을 선물합니다.

11주년 : 강철혼식(鋼鐵婚式)

12주년 : 마혼식(麻婚式)

한여름에 삼베옷을 입은 듯이 시원하게 의사소통이 이루어지기를 바란다는 뜻입니다. 마 제품을 선물합니다.

14주년 : 상아혼식(象牙婚式)

15주년 : 동혼식(銅婚式)

희노애락을 함께 하며 수정처럼 영롱한 보석을 만드는 시기라는 뜻입니다. 이날은 구리로 만든 기념품을 선물합니다.

20주년 : 도혼식(陶婚式)

투박한 질그릇은 깨져도 붙여 쓸 수 있지만 그 금은 없어지지 않으니 서로에게 상처가 나지 않게 배려하면서 살아야 한다는 뜻입니다. 이 날은 도자기로 된 제품을 선물합니다.

25주년 : 은혼식(銀婚式)

풍상의 세월을 살아온 흔적들이 켜켜이 쌓여가지만, 닦으면 다시 윤이 나는 은제품처럼 변함없이 영원한 마음을 가졌음을 뜻하는 말입니다. 이날은 10주년, 50주년과 함께 더욱 뜻 깊게 기념하는 예가 많고 은제품을 선물합니다.

30주년 : 진주혼식(眞珠婚式)

상처의 오점을 싸안고 진주보석으로 승화시킬 만큼 아름답고 오랜 세월을 살았음을 뜻합니다.

35주년 : 산호혼식(珊瑚婚式)

맑고 푸른 바다 속 산호처럼 말로 하지 않아도 서로의 얼굴, 서로의 마음이 말갛게 비치는 시기를 뜻합니다. 이날은 산호로 만든 목걸이 등을 선물합니다.

40주년 : 녹옥혼식(綠玉婚式)

여름날 초록으로 무성한 잎을 드리우는 고목을 상징합니다.
사파이어 제품을 선물합니다.

45주년 : 홍옥혼식(紅玉婚式)
따뜻한 햇살과 바람을 잘 받아 붉게 익은 사과처럼 아직도•열정을 발산하기에 충분하다는 뜻입니다. 루비 제품을 선물합니다.

50주년 : 금혼식(金婚式)
반백의 세월을 함께 하여 서로에게 금과 같이 귀하고 변치 않는 존재가 되었음을 뜻합니다. 금제품을 기념품으로 줍니다.

55주년 :에메랄드혼식(婚式)

60주년 : 회혼식(回婚式)

75주년 : 금강혼식(金剛婚式)
세월이 흘러도 변함없는 다이아몬드처럼 두 사람의 사랑도 영원불변함을 칭송하는 뜻이 담겨 있습니다. 다이아몬드 제품을 선물합니다. 그러나 75주년을 맞는 일이 드물기 때문에 일반적으로 결혼 60주년을 금강혼식으로 치르는 경우가 많습니다.

 **부부생활의 십계명**

1. 두 사람이 동시에 화를 내지 않는다.
부부 중 한쪽이 먼저 화를 내게되면 상대방에게 좋지 않은 감정이
전해지므로 가급적 감정적인 대화를 피해야 한다.

2. 목소리를 높이지 않는다.
한번 높아진 목소리는 쉽사리 작아지지 않으므로 가급적이면 부부간
에 언성을 높이는 일은 자제해야 한다.

3. 서로 허물은 보지 말고 말실수를 하지 않는다.
좋은 감정을 갖고 있는 이들은 단점이 매력으로 보일 수도 있다.

4. 다른 사람과 비교하지 않는다.
비교하는 것 만큼 좋지않은 습관은 없으므로 항상 내 남편,
내 아내가 최고라는 생각을 갖고 산다.

5. 서로의 아픈 곳을 끄집어내지 않는다.
부부는 서로의 아픈 상처를 감싸주는 관계이므로 서로에게 상처를
주지 않는다.

6. 화를 품고 잠자리에 들지 않는다.

화를 오래 갖고 있으면 병이 되므로 문제가 발생했을 때는 즉시
해결하는 것이 좋다.

7. 처음의 사랑을 잊지 말고 칭찬할 것을 찾는다.

부부의 연애시절이나 결혼 초기의 로맨틱한 기분을 회상하는 것이
애정생활을 지속하는데 도움이 된다.

8. 속이거나 거짓말을 하지 않는다.

서로에게 숨기거나 거짓말을 하면 신뢰감만 무너진다.

9. 자존심을 깨고 먼저 화해를 청한다.

혹여 싸움이 생기더라도 먼저 풀려고 하면 뜻 밖에 문제의 실마리가
잘 풀릴 수 있으므로 억지로 고집을 부리는 것은 좋지 않다.

10. 부부는 가정의 가장 기본적인 단위임을 잊지 않는다.

부부의 운명으로 맺어진 사이라는 것을 잊지 말고 서로의 부모님
을 내 부모로 알고 존중해야 한다.

칭찬에 인색하지 않는다.

칭찬은 상대방에게 즐거움을 주게 되므로 좋은 점이 있다면 아낌없는 칭찬을 통해 서로에 대한 좋은 감정들을 나누는 것이 중요하다.

함께 즐길 수 있는 오락이나 취미를 만든다.

부부가 무언가를 함께 공유한다는 것만으로도 서로에 대한 믿음을 심어줄 수 있다. 함께 즐길 수 있는 취미활동을 개발하거나 부부 중 한쪽이 좋아하는 취미활동을 함께 하는 것이 좋다.

금연, 절주하고 건강을 지킨다.

부부간에 서로 건강을 챙겨주는 것만으로도 서로에 대한 애정을 확인할 수 있다.

경제적 · 심리적으로 적당히 독립한다.

경제적, 심리적인 부담을 이유로 부부관계의 갈등이 생길 수 있다. 심리적으로 서로에게 부담이 되는 것도 부부생활에 좋지 않은 영향을 미치게된다.

부부 교육 프로그램에 적극 참여한다.

부부생활도 끊임없는 노력이 필요하다. 맞벌이 부부들의 경우 교육 프로그램에 참여해 그동안 서로가 몰랐던 부분을 알고 함께 하는 노력이 필요하다

- 레이디경향 7월호에 소개된 글입니다-

지은이 **곽동언**

서울예술대학 문예창작과를 졸업하고 방송국, 인터넷서점, 인터넷포털
업체 등에서 다양한 경험을 쌓고, 현재는 출판기획 및 자유기고가로
활동하고 있다. 중학교 동창생인 아내와 9년에 걸친 열애 끝에 결혼,
개성이 강한 세 아이(카리스마 한울, 미소천사 지은, 재치지존 재원)를
낳고 14년째 알콩달콩 행복한 가정을 만들어가고 있다.

 그대를 사랑합니다

1판 1쇄 발행 ┃ 2008년 9월 9일
1판 33쇄 발행 ┃ 2008년 12월 24일

지은이 ┃ 곽동언
펴낸이 ┃ 우지형
기   획 ┃ 김수광
디자인 ┃ 한연재

펴낸곳 ┃ 나무한그루
등록번호 ┃ 제 313-2004-000156호
나무한그루는 (주)맥앤담아시아의 출판부문 임프린트입니다.

주소 ┃ 서울시 마포구 서교동 395-122 주연빌딩 6층
전화 ┃ (02)333-9028
팩스 ┃ (02)333-9038
이메일 ┃ namuhanguru@empal.com

ISBN 978-89-91824-14-0 03810
값 ┃ 3,500원